SNAIL TOOK ME FOR A

蜗 牛

带我去散步

李 静 著

知识产权出版社

全国百佳图书出版单位

—北京—

图书在版编目（CIP）数据

蜗牛带我去散步 / 李静著 . —北京：知识产权出版社，2021.1
ISBN 978-7-5130-7350-9

Ⅰ . ①蜗… Ⅱ . ①李… Ⅲ . ①散文集－中国－当代 Ⅳ . ① I267

中国版本图书馆 CIP 数据核字（2020）第 257798 号

内容提要

在这个充满不确定的世界，每个人随时都有可能面临新的困境与精疲力竭的时刻。不论是身处业务极度困难的时期，还是处于只身闯荡世界的未知旅途，给人带来莫大的支持与勇气的通常就是与家人、友人相处的点滴时光，以及那其中蕴藏的爱与智慧。

本书通过描写与友人、爱人、女儿、长辈们的日常生活，从朋友、妻子、母亲、女儿的视角，打开每一天都环绕在我们身边却最珍贵的礼物——爱。

责任编辑：李 潇 刘晓琳　　　　　　**责任校对**：王 岩
封面设计：杰意飞扬·张 悦　　　　　**责任印制**：刘译文

蜗牛带我去散步
李 静 著

出版发行：知识产权出版社 有限责任公司	**网 址**：http：// www. ipph. cn
社 址：北京市海淀区气象路 50 号院	**邮 编**：100081
责编电话：010–82000860 转 8133	**责编邮箱**：3275882@qq.com
发行电话：010–82000860 转 8101	**发行传真**：010–82000893/82005070
印 刷：北京建宏印刷有限公司	**经 销**：各大网上书店、新华书店及相关销售网点
开 本：880mm×1230mm 1/32	**印 张**：2.75
版 次：2021 年 1 月第 1 版	**印 次**：2021 年 1 月第 1 次印刷
字 数：39 千字	**定 价**：49.00 元

ISBN 978-7-5130-7350-9

序

　　喜欢写诗歌散文由来已久，不过一直都是偶尔借以抒发一时情愫，从来没有想过出书。回想写作经历，初始印象最深的就是在高二时，因为长了青春痘，在数学课上写下一篇赞美不屈不挠精神的小诗《美丽青春痘》，由于时间已久，目前该诗稿已不见踪迹。

　　工作之后，尤其是有了小孩以来，不知不觉也积攒了一些散文和诗。和朋友聊天时突发奇想，有没有可能把这些点滴整理成书，也是对自己这些年的境遇和体验做一个小结。很快得到朋友的响应，然后和李潇编辑取得联系。回顾这本书从萌芽到落地，真的非常感谢李潇编辑的支持与帮助！她了解我的工作背景后仔细阅读了稿件，给了我许多中肯的建议以及鼓励。同时，还得到刘晓琳编辑严谨认真的帮助，书中的一些生僻词和口语描述得以堪正。本书的脉络很快得以整理清晰，修改稿件的过程让我又把笔下的十几年重新回味了一遍。那些快要忘却的故事，再次回想起来还是那么历历在目，而且增添了新的理解与体会。

　　和大自然、和自己、和友人、和爱人、和长辈们的相处点滴，是贯穿整本书的情感脉络。尤其是工作以来，每一个不同的阶段都面临新的挑战，一直给予我支持与勇气的就是这些点滴时光。那里面蕴藏的爱与智慧，总是能让我在挫折、低沉、迷惘中重新出发。

　　春天从来不会缺席，太阳依旧升起。希望我这本略嫌浅显的散文诗集，能给喜欢这本书的读者朋友们带去黑夜中的一小点星光，照亮你，照亮我。不论身处何时何地，愿我们每一个人都能从平凡中感受到爱的力量，让自己有更多的机会去好好爱这个世界，爱所追求的一切，爱身边人，爱一切美好。

李静

2020 年 10 月 24 日　星期六　深圳

目录 Contents

第一篇　平凡与勇气

　　或许人生也如登山，对未知的好奇与憧憬、家人与伙伴的支持，让我们更加有勇气去面对未来的一切，并鼓舞着我们不断突破自己的边界，获得新的成长，打开更宽阔的视野。

第二篇　三五知己

　　播下一颗种子在心田，浇上感恩与喜悦，那里必将盛开绚丽的花朵。

第三篇　爱上你

你瘦的时候住进了我的心里，胖了就出不来了。

第四篇　我的小人儿

　　斜斜的夕阳照在这个小人儿的身上，身后拉出一个长长的影子，仿佛在轻轻地伴着风起舞。那么美妙，那么动人，世上最美好的风景也不过如此。

第五篇：爱与智慧

　　愿爱滋养这如梭岁月，喜悦成就爱与被爱之人。

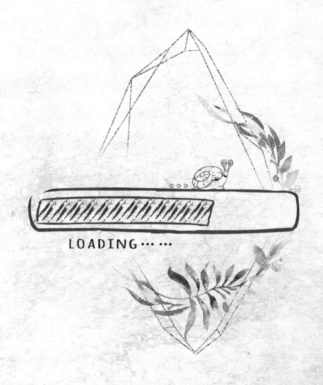

LOADING……

第一篇　平凡与勇气

或许人生也如登山，对未知的好奇与憧憬、家人与伙伴的支持，让我们更加有勇气去面对未来的一切，并鼓舞着我们不断突破自己的边界，获得新的成长，打开更宽阔的视野。

春暖

寒意料峭的春，

阿尔卑斯湖还没揭去含羞的冰纱，

晨风中的松柏也没来得及吐芽。

树上的红嘴鸦雀已迫不及待地鸣唱——

用它最嘹亮的歌声，

乘坐美丽的五色音符，

来到围炉的人家。

滋滋燃起的炉火，

对这个世界充满了好奇。

它摇摆着舞姿，

氤氲的火光便四处散开。

它透过客厅一角的兰花，

便在墙上留下天鹅般曼妙的身影。

它抚摸了琴弦，

便响起那来自布拉格广场的愿望之歌。

一如明媚的罗马夏日广场——

暖暖的阳光中，

流淌着自由的思想，

交织着对生命的热爱与对美好的向往。

窗外的春，

也变得润丽起来。

蒲公英

轻轻一吹，
蒲公英便四处飘散开来，
小朋友很认真地说：
"妈妈，蒲公英飞去很远很远的地方了……"

是啊，蒲公英你要飞到哪里去呢？那里可是你憧憬的未来？那里可会有路途的艰险？

曾面临一些艰难的时光，在那心力交瘁的日子里，看不到困境的尽头。即便无可奈何，但现实总要去面对。因时间关系，每天所处理的事情都环环相扣，来不及去想太多更远的事情。就这样，每天的时间都聚焦在当天和明天需要做的事，日子过得很快也很简单。某天会突然发现，一件复杂的事情已经迎刃而解。

有的时候，我们对未来的恐惧更多的是来自自己的内心，千百种未曾出发的假设足以让我们像泄了气的皮球。因为背负了过多的担忧与情绪，往往精疲力竭。

和先生徒步皇后镇山顶，途中天气多变。时而阳光，时而乌云，半山腰竟开始飘起小雪花。风也越来越大，山中开始回荡起松海的涛声。因上山人太少，出于安全的顾虑，每上到一个阶段，两人都要互相确认一下是否继续。我们彼此鼓励，最终坚持走到了山顶。这一路走来得以站在不同的高度欣赏卓越山脉、镇子和湖泊，体验不同的视觉冲击。

　　或许人生也如登山，对未知的好奇与憧憬、家人与伙伴的支持，让我们更加有勇气去面对未来的一切，并鼓舞着我们不断突破自己的边界，获得新的成长，打开更宽阔的视野。

　　困境让人变得勇敢，挫折让人心智健全。相信未来的美好，坚定前行的方向，轻装上路。太阳会重新升起，星空也会如约而来。每天用最好的状态去做最好的自己，结果遂愿那是幸运，如未达成也坦然面对。

　　亲爱的，把手轻轻放在胸口告诉自己："All is well！"

起风了

积攒更多美好的回忆，
让内心更加坚定有力，
我想这就是旅行于我的意义吧……

　　朋友间聊天经常会谈及对旅行的期盼与意义，基本上是萝卜白菜各有所爱。或钟情美景，或流连美食，或追逐风土人情，或体验历史的厚重……每个人都能从中找到自己的收获与快乐。那么旅行于我，最重要的意义又是什么？

　　有时对于时间会有一种莫名的敬畏，它默默地存在于我们的每一段人生。伴随而来的可能是我们期许的明天，也可能是我们不愿面对的今天。再一个八年后的我们将会变得如何？心中的梦想是否得以实现？时间会揭示一切的谜底。当人生途中的困境出现，宁静遭遇纷扰，谁又能给予我们能量？于我，最终还是要来自内心深处。如能在与外界能量网互动的过程中更好地打开自己，更用心地去接纳欣赏每个独特的个体与场景，看到其中的美好，那么心中的花田就总会盛开爱与自由的鲜花。

想到这里便释怀起来，通过旅行坚定心中的方向，找到更多前行的能量与勇气，那不正是我所期待的吗？尽管美好的旅途终会结束，尽管生活仍然忙碌，尽管未来仍有许多的未知，但只要积攒更多的美好回忆，只要内心变得更加坚定有力，我想这就是旅行于我的意义……

转角那杯咖啡

每个人都沉浸在自己的小小世界里，真实而努力地生活着。

来深圳久了，便深深地喜欢上了这里。喜欢它清晨刚苏醒的清凉样子，喜欢它夕阳归巢的丝丝温暖，更喜欢它蓝天白云的干净笑容。在这个城市走走停停，随着车流看着窗外的人来人往。行人或神色匆匆，或悠然自得，或若有所思，或灿烂一笑。每个人都沉浸在自己的小小世界里，真实而努力地生活着。想到这里，心里便会涌过一阵暖流，为路人也为自己。

人潮中的我，喜欢就这样静静地坐着。找个咖啡厅靠窗的位置，点上一杯果汁或是咖啡，便是一个小小世界，小小欢喜此刻泛起波澜。经常去的咖啡厅望出去就是音乐广场，热闹自是非凡。屋外的喧嚣，屋里的安静，对于我一切都刚刚好。

　　放慢匆匆的脚步，听听内在小孩的心情，想想这似懂非懂的生活，再看看这川流不息的人潮。不同的身份，不同的角色，于这人潮中就像一粒沙子。一个转角，便擦肩而过，消失于茫茫人海。在这人海中，每个人又是如此趋同，如此平等。没有殊荣，没有光芒，无非路人甲乙丙丁，繁华过后一切终将回归平凡，回归生命本质的大同。如能于这大同世界中尤获眷顾，必将更要心怀感恩与谦敛。

谢谢你的歌声

我愿你能稍作歇息，观察这世界的真实与存在，捡拾那稍纵即逝的美丽。

下班路过家门口的巷子，飘来熟悉的旋律。原本还想着工作的思绪，一下就飘回了八年前的海边，那也是我爱上这首歌的时刻。熟悉的旋律，熟悉的心情，却是如此久违。不禁放慢了脚步，跟着慢慢哼唱。是的，这种美丽的心情已被我遗忘了很久。

一盆角落里的小植物、一块美味的点心、一首喜欢的歌，经常不知不觉中拨动我们的小心情。这种美丽有如穿着飘飘长裙、买了面包骑着自行车在巷中自由飞行的天使爱美丽。头发被风吹动着，脸庞被幸福亲吻着，微微泛着红晕。

春节时到先生老家过年，遇上了这个季节的好天气。在无风的午后暖阳中，大人或闲聊，孩童或嬉戏，我搬张小木凳在院中翻上两页书，甚是欢喜。

三三两两的树丫子和老屋子则玩起了光影的游戏，刚长出的麦苗带来勃勃生机，公公的板车也在角落里闲了下来。喜欢这种朴素与自然的村落，即便平日没有我们的驻足欣赏，它们何尝不是一如这般的美丽与从容？

　　有的时候，走得太快太急，有如上了链条的音乐盒上起舞的少女，不停地旋转。只有到能量耗尽，才会回到原点稍作安歇。所以，亲爱的小孩，在精疲力竭的时候，不妨稍作歇息。细细聆听、观察这世界的真实与存在，捡拾那稍纵即逝的美丽。新的一天，我们必然再次迎风飞扬。

　　亲爱的，谢谢你的歌声，让我重拾这美丽心情。

重生

或许平淡一如往常，
或许折下一束惊喜，
无论如何都是这一天生命中的礼物。

　　清凉的早晨，上班是一件愉悦的事。路上的车还不多，柔和的晨光还没有穿透天边的云朵，路边的小鸟已经开始唱歌。走在人迹稀少的路上，能感觉到蕴藏在平静下即将来临的生命力。

　　看一眼初升的太阳，宛如新生婴儿般红润，带给我们无限的希望。心底的喜悦鼓舞着我，既定中的未知吸引着我，就毅然前行吧。或许平淡一如往常，或许折下一束惊喜，或许遭遇一些挫折。无论如何，都是这一天生命的礼物。一天的忙碌后，带

着点滴收获回到那个挂念的港湾，轻声告诉内在的亲爱小孩，是时候歇歇了，明天太阳还会升起。

此刻的夜晚如此宁静，突然听见了窗外的蛙声。就像小时候外婆的歌谣，低沉地哼着，却又渐行渐远……

我知道，明天的我必将带着积蓄一夜的能量与勇气再次重生。

亲爱的，这已是最好。

LOADING ·······

第二篇 三五知己

播下一颗种子在心田，浇上感恩与喜悦，那里必将盛开绚丽的花朵。

撒一把春光

撒一把春光，

绿了小草，染了花蕊。

撒一把春光，

唤起了莺啼，嬉动了野鸭。

撒一把春光，

树梢也禁不住轻轻起舞，

舒展开裹了一冬的曼妙身姿。

姑娘在晨曦中走来，
拉得颀长的身影，
和着微风摇曳。

撒一把春光，
喜悦了一路。

我的花儿们

聊天彻夜不眠，谈及暗恋的某个男生，说着
说着便哭了。海边散步追逐，便又笑了……

　　2014年注定是特别的一年，因为在这一年里，
小学、初中、高中的好朋友都得以再次联结。曾经
以为那一切的人和事都已经走远，听着几千公里外
飘来的问候，是幸福的。

　　和好朋友在一起的日子，每天都在变换着青春
的姿势。放学的路上，坚持不撑开手中的伞，在雨
中享受奔跑的感觉。下课了和好朋友买上西瓜，抱
着爬上山顶，边吃边看着山底下来来往往的车流，
彼此会心一笑。心绪涌动时，聊天彻夜不眠。谈及

暗恋的某个男生，说着说着便哭了。海边散步追逐，便又笑了……

人生经历的每个不同阶段，总能交上三五知心好友。或聪慧，或灵巧，或内敛，或活泼。各有各的姿态，尽情绽放。对此，我是幸运的。

随心所喜，随喜所停，在人生旅途中跟随生命的步伐，用心去看、去呼吸、去感受风吹过脸庞的喜悦，去感受花儿们带给我的美丽人生。

我的花儿们，你们还好吗？

遇见

有些人、有些事，告别了，真的就是后会无期了。

2006 年的毕业季，来到这个神秘的特区。第一次坐高铁，第一次来到坂田。如果说人生就是无数个旅途的叠加，那么和主管握手的一瞬间，我的职业生涯自此也就拉开了序幕。很幸运地被分到了两位未来至交的小隔间，从此结下三剑客的友谊。每天的午饭是新员工的欢乐时光，大家经常聊的就是：某某是三位工号的超级老员工，某某在食堂遇见老板了，今天食堂的烧鸭非常好吃……

日子过得飞快，工作内容也在不断变化。一直在遇见不同的人、不同的事，也一直在和熟悉的人与事告别。

遇见的神奇于我，就像顽皮的孩子在花园玩耍，认识不一样的伙伴，体验不一样的精彩，留下不一样的回忆。没有防备，没有束缚，却收获最真挚的情谊。童年如此，学生时代如此，职业生涯也如此，我幸！真的很感恩一路走来遇到了很多让我受益一辈子的良师益友，在我无知、迷茫、失意、糊涂的时候，无私帮助、包容、关怀、批评、倾听、鼓舞、分享，让我回归宁静，重拾信心与勇气。

离别和相遇如影相随，第一次听说部门有员工要离职、主管要调走的消息时，心里充满了感伤。老员工安慰我说习惯就好了，公司唯一不变的就是变化。后来虽然还会不舍，但想到每个人终究都会找到更好的自己，也就释怀了。后来发现，有些人有些事告别了，真的就是后会无期了。

所以，亲爱的老友们，在我们有缘遇见的每一个当下，或许无声的微笑，或许简单的问候，或许短暂的交流，或许欢快的小聚，请和我一起分享内心来自遇见的最简单的喜悦，就算再次作别，回忆中也已是满满的温暖，鼓舞着彼此前行。

老友记

此起彼落的人生交集互相慰藉着彼此，鼓励着彼此。

工作以来，因为志趣相投，在不同的阶段总会结交下一些交心交肺的死党。大家聚在一起，忙碌的日子里，总能制造些欢快的小插曲，日子便也丰富多彩了起来。在这风华正茂的岁月里，此起彼落的人生交集互相慰藉着彼此，鼓励着彼此。

每当情绪低落的时候，但凡好友间的一句寻常问候，内心便能感受到强烈的暖流，心情又清朗起来。遇上阳光明媚的日子，抽空小聚，然后海阔天空地遐想一番。有人提议一起开个"书吧"，大家可以每天聊聊写写，或是凑个亲子园，把大家的孩子们都聚拢到一起玩耍。说到兴起处，便大笑嬉骂，调侃一番彼此。思绪没有界限地延伸，所有人生尽欢的场景，无不被我们想象一番。虽然未能成为现实，却真实地给彼此留下共同的记忆，因为那是我们曾经一起神游过的地方。

也经常在周四晚上，和两个老友到科技园的星巴克喝上一杯，因此被店里妹妹们调侃为"三剑客"。其间，大家来来去去各种变化，唯一不变的是那份深藏心底的默契。任时光荏苒，友情不远行，一杯暖暖的咖啡，就能带来满满的鼓励与欢乐。

行走于生活与工作之间，不断重新思索着小我的追求。也正是在这彷徨迷离的日子里，重新认识了自己，更有意义的生活也因此明朗起来。

亲爱的朋友，来一个温暖的拥抱，时间会褪去一切无关生命真谛的外衣，而在我们人生中刻蚀下最重要的痕迹。此刻，唯有拥抱是如此的真实与温暖。

人在旅途两三点

疫情下的旅途，也际遇了这三两件突如其来温暖一辈子的事。

亲爱的 Nika

好友 Nika 知道我来了，开始盘算哪天可以见面，发来她旅途中的见闻。电话中还是那个善良、勇敢的俄罗斯姑娘。所到之处，都充满了阳光。谈到后面的行动计划，告诉她为了大家的安全，我会自己待上 14 天，之后才能出来见面。结果 Nika 霸气地给我回应："Don't worry!!! We meet at any moment! I don't care! My home is welcoming you any time!"

这段始于罗马尼亚"one meter"的友谊，已经在彼此心中牢牢扎根，两人不论身处地球的哪一端，都能感受到彼此最真诚的相待与支持！

勇敢的 Nika，一曲《世间美好与你环环相扣》送给你。莺飞草长、山花烂漫便是相遇之时，请务必照顾好自己！

最美味的汤

娟儿是我极少遇到的心善妹子，信佛缘，自她
面试第一天我对她就颇有好感。虽然刚开始她业务
不熟练，但人胜在谦虚、好学，很快就上手了，能
迅速地在一些工作中独当一面。我与她性情相似，
也就成了无话不说的好友。相处不到半年的时间，
我就到其他国家开展工作了，也算是有快一年没
见了。

谁知，我回国后的第二天，她执意要给我拎来
一大罐炖好的浓鸡汤、餐具、食物、红酒。她抛下
一句："我知道你最近吃不好的！我每天和到处跑且
不戴口罩的人接触，他们的风险比你高！"

君心坦荡荡，我亦不负君！

你对我的好铭记心中，把口罩戴好再见面也是
此时我对你最深刻的爱护！

家的味道

华姐姐，我多年前就认识，是业务专家。部门女生少，女专家尤其少，那时她应该是不认识我的。工作的原因在一起交流多了，我们也就互相熟悉起来。这次本也没有计划烦扰姐姐，谁知周四临下班前，姐姐喘着气给我打电话，第一句说："听说要封城了，你那还有吃的吗？我现在赶去超市，给你买一些。"第二句说："不行你就搬到我家里住，家里还有一张沙发也是可以睡的。"

闻言至此，一股暖流从心中咕咕冒起，然后是止不住的泪水。一段时间积累下来的感动、失落、惶恐……错综复杂、五味杂陈。感谢姐姐的同时，也婉言谢绝了她的善意邀请，她愿意接受风险，但我绝不能让她承受风险。没想到，第二天，姐姐还是给我带来了满兜的食物和刚做的红烧排骨。

细细咀嚼，吃出了家的味道。

困难之时，不苟求人，但更不忘情义！

花开好了

播下一颗种子在心田，浇上感恩与喜悦，那里必将盛开绚丽的花朵。

　　一直有着园丁的情怀，希望有一片自己的花园，种上一些花花草草。春耕秋收，迎夏送冬。不需要太多，只盼能全然体验这些精灵的完美绽放。

　　如果要追溯此情怀的来由，小时候家里大片的菜园或许是其原型。那大片的菜园旁，有条清澈见底的小溪，里面偶有小鱼嬉戏。每天最欢喜的事情，便是放学后提着小桶把菜园子全部浇上一遍，然后再到小溪旁嬉水。看着菜伢子长大真的是一件很奇妙的事。刚刚破土的苗苗，看起来都差不多，两瓣叶子。一天、两天，一周、两周，渐渐地有了不同。豆角、茄子、青菜、西红柿各有各的姿态，芬芳更是独特不同。每次浇水后，我喜欢在菜园子里闭上眼睛，然后深深呼吸，嗅到来自土壤的气息，便感觉到它们的开心与欢乐。我想，它们也是爱我的。

　　在深圳安定下来后，这种情怀一直没有停歇。看着这不大不小的阳台，我决定做点什么。好好地伺弄一番，一个小小园子便盛开了，心中满是欢喜。茂密盛开的簕杜鹃俨然成为这个小园子的家长，占据着最重要的一角。簕杜鹃的旁边安置了一个三层竹木架子，上层放着挂了露珠的金钱叶，中间放着生命力顽强的落地生根，下层放着清香的茉莉花。沿着防护网的两个长方形花盆则移植了粉紫色的菊花，地面上再放上一盆喜欢的玛格丽特，还有妈妈中意的金枝玉叶。内侧的几个大花盆，则播下了小番茄和黄瓜苗。一家人从此便多了一些有意思的事情，早上给园子浇水，周末偶尔到花卉市场买回些肥，或是再添置一些喜欢得很的新朋友。

播下的瓜果苗子，倒也争气。三五天便有起色，然后是分株移栽、插芊、施肥。每天早上起床多了一件事情，就是先到阳台看看它们一夜是否安好，有没有又长大一些。赶上新冒出一些瓜伢子或是小番茄，便忍不住呼唤家人前来欣赏。看着"小可爱"成长的那种喜悦自是难以言喻。

　　人生于我如同种植，在心里播上自己喜欢的种子，然后每天充满期待地浇水、施肥。突然有一天，就开出很美的花儿，这种美好会让你又看到更多的美好，然后种下更多的种子，从此循环轮回，人生便多姿多彩、美好起来。

　　播下一颗种子在心田，浇上感恩与喜悦，那里必将盛开绚丽的花朵。

　　亲爱的，花开好了。

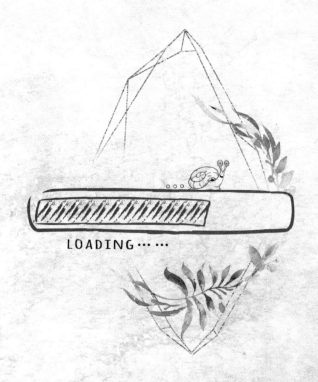

LOADING……

第三篇　爱上你

你瘦的时候住进了我的心里，胖了就出不来了。

好久不见

穿越秋夏，
终于在深冬来到你的岸边。
彼此轻道一声，
好久不见。

下午的三五点，
属于一天迟来的祝福。
暖暖的斜阳，
洒落整个新西伯利亚，
一望无际地蔓延开，
勾勒出你朦胧的轮廓。

河面也变得氤氲起来，
飘渺的雾气，
给你披上曼妙的薄纱。
宛如害羞的少女，
浅笑如兰。

岸边挺拔的白桦，

是在向你微笑吗？

寒风微起，

他便轻摇枝叶，

抖落一身的白雪。

默默守望——

一如从前。

天边一弯新月，

不知何时已悄然爬上旷野。

每天的如约而至，

想必也是为了看你一眼。

然后，

撒下一把银光，

把你映衬得洁白而神秘。

雾气渐浓，

我便拽紧衣角，

在夕阳褪去前和你告别。

你的微笑就此定格，

温暖而羞涩。

美好，

且，平和。

好久不见。

左手牵右手

漆黑的夜，左手牵右手，心是安定的。

趁着小长假和先生到新西兰南岛自由行，一路
下来，让我印象很深的是南岛上大大小小的湖泊，
像极了散落在地球上的蓝宝石，形态各异，却同样
璀璨夺目。在众多湖泊当中，瓦纳卡湖应该可以算
得上别具一格。因为地理位置的关系，山风阵阵，
浪不停地嬉逐着湖边野鸭，让我一度以为身处最喜
欢的海贝湾。趁天边还挂着一抹嫣红的夕阳，沿着
湖边徒步。光影下的船、树和鸟，映衬得整个湖都
灵动了起来。

和先生沿着湖畔慢慢走着，直到天色完全黑下
来。回过神来才发现路上行人已经稀少，只有镇子
上酒吧的霓虹灯还不紧不慢地闪烁着。返回酒店的
路上灯色昏暗，旁边树影婆娑。先生看出了我眼中
的慌乱，紧紧地拽住我的手，淡淡地说："没事，有
我在。"

入住的第三天，从格林诺奇回来的路上开始下起了绵绵细雨，回到公寓往床上一靠，很快就安然入睡。伴着初春的凉意，就着早春的雨，享受着自然而然的节奏。公寓位于皇后镇山脚踝处，落地窗前就是皇冠峰，上下山的缆车仍在缓行，山脚下就是皇后镇的大片商业密集处。起床后安静地坐在公寓的落地窗前，看着外面淅淅沥沥的小雨与雨中的小镇，内心此刻安静下来。这种平静，一如清晨在提卡坡湖畔的教堂静坐，傍晚在瓦纳卡湖畔徒步，雨中在阿斯派灵山中穿行，雪中在皇后镇松林中登顶。与大自然的近距离接触，看到不同的美好与安详，感受自己的渺小与真实。

　　不论是和先生左手牵右手，还是自己的右手牵左手，心都是安定的。

听，谁在浅浅低唱

安静的湖面、挺拔的大树、夹杂露珠的草地，一切都在等待晨光的唤醒。

在新西兰期间，经常早早醒来，窗外还是晨雾清冽，与哈尔滨的初春非常相似。因想着要看日出，睡意经常全无。安静的湖面、挺拔的大树、夹杂露珠的草地，一切都在等待晨光的唤醒。我和它们一起，静静地看着时间流逝，静静地迎来小鸟的第一声啁啾。

很喜欢坐在瓦卡提普湖边看悠哉的海鸟，听帅气的小辫子艺人演奏音乐，想象没有游客出现的那些时日，谁在见证、欣赏它的美好？还是它根本就不需要有观众，都将一如既往地美丽下去？一旁的圣彼得教堂和威廉姆小木屋，每天都在静静地看着这个充满活力的镇子的人来人往、日起日落，以及每一个独特的今天。

相比下来，帷卜坡湖则清静许多，坐落在雪山脚卜，与雪山相映相依。好牧羊人教堂静静地伫立在湖畔，停下脚步便能听见自由与爱的声音。走进教堂，映入眼帘的便是大玻璃窗框出的湖泊和远处的雪山。澄蓝澄蓝的湖水，白皑皑的雪山，这应该是好牧羊人留给世人的向导，那是一个充满爱与美好的世界。我和先生放慢脚步，安静地找一个位置坐下来。把头轻轻倚靠在先生的肩上，刚好的高度，很舒服。他用力握了一下我的手，我也用力示以回应。我们就这样依偎着彼此，静静地看着窗外，感觉彼此手心的温度。

　　此刻，思绪不再飘荡，它停在这里歇息并轻轻地低唱。宁静、知足而温暖。

大山的礼物

看着云层搅动，听溪流淙淙和鸟儿空灵的歌声，感受风吹过大山的愉悦，此刻的依偎已是最好。

    在新西兰，徒步和穿梭于人烟稀少的山林间是必不可少的体验。那种仿佛与世隔绝的宁静，若非亲身体验，是绝难想象的。从铁阿奴(Te Anau)前往米尔福德峡湾(Milford Sound)，寂静的94号公路是必经之路。很长的一段时间，路上都只有我们的车，孤独穿行在深藏于大山间的公路，相伴两旁的树林偶尔随风起舞给予欢迎，或是不知名的鸟儿报以空灵的歌声。

    来到峡湾，我和先生静静地坐下。那个瞬间，仿佛我便是这山林中的一株小树。虽未曾与眼前的一切谋面，但它们却是如此的熟悉，难道曾在梦中神游？看着云层攒动，听溪流淙淙和鸟儿空灵的歌声，感受风吹过大山的愉悦，此刻的依偎已是最好。

离别时，不舍。便起身在心底默默作别，随风送来的汩汩的涛声，必是大山送给我的礼物。回头再看你一眼，美好就此定格记忆深处。

与自然愈靠近，对自然的敬畏之心就愈深。从来无所谓征服，在自然面前我们一直是如此渺小。唯有心存崇敬与喜爱，时怀感恩，才是和谐共存的永恒图腾。

车窗外的风景

有些风景，只需要远远看着，便是最美的画面。

每天上下班都会路过南坪快速路边上的天然湖泊，在雨后它总会变得更加绿盈动人，是每天途中的一道美景。大片的草地环绕着这个绿莹莹的小湖泊，让我想起小时候常去野炊的地方，因此总是不免勾起美好的童年回忆。也曾想象可以下车走近，好好感受一番，然而我的车窗一次又一次掠过这个美景，那种冲动也未能让我在节假日想起到这个小景致走走。

随着年岁渐长，对于自己生命中最重要的人与事，渐渐有了是非分辨的能力。也渐渐明白，有些人与事终归只是生命中昙花一现的风景。淡淡的忧伤泛了一地，却也慢慢品味到其中的美。就像橱窗中那精美的小礼服，每次路过欣赏到，便喜悦了自己。

亲爱的，请将这些美丽的心情，装进时间的信封，寄给未来，然后在慢慢老去中收到来自现在的礼物。愿这些美好装点我们的旅途，滋养满满的回忆。风应该听得见，擦肩而过拨动心弦的声音。而我也将带着小飞船在时光隧道中前行，那上面是于我弥足珍贵的生命礼物。边走边唱，喜悦了自己，也喜悦了一切。

有些风景，只需要远远看着，便是最美的画面。

你住在我心里

你瘦的时候住进了我的心里，胖了就出不来了。

　　和先生相遇在大学。开学第一天班会，因我外出坐错车没有赶上。随后第一次见面是在班级欢迎会上，大大咧咧的我被邀请一起参与游戏。据先生回忆，留给他的第一印象是，不知道哪里来了一个疯丫头。谁知道后来越走越近，竟会有那么多的欢喜哭笑，那么多的美好回忆。寝室好友经常调侃我和先生是雪中情缘，因为每逢大雪我们必能偶遇，即便在那辆开往市中心的 64 路公交车上。

　　那些年的雪，让我们温暖了彼此。

　　哈尔滨的冬天非常冷，大雪经常像倾撒而下的棉花絮，一团团地砸下来。那段时间，我的手经常不暖，自己也不太理会。某天饭后准备去晚自习，天空又飘起了鹅毛大雪，索性在寝室待着。不久，敲门声响起，开门一看，先生手里拿着一件衣服。

看见我，便欢喜起来，一边让我赶紧试试，一边说羽绒马甲贴身穿保暖……泪水模糊了双眼，我知道这是他家教回来刚发的工资。

有次冬天外出穿的鞋子不够保暖，结果走回校园脚都冻僵了。他把我送回寝室，二话不说赶紧倒了盆温水，让我把脚放进盆里，开始帮我轻揉冻僵的脚丫子。后来问先生，脚丫子不臭么，你怎么对我这么好。他笑而不语，半晌说了两个字："傻瓜"。

再后来，毕业、工作、成家，有了可爱的孩子。某日闲来无聊，抱怨先生没有以前对我那般好，先生发来了一个文字图片：

胖妞问先生："我现在这么胖了，你还爱我吗？"

先生说："你瘦的时候住进了我心里，胖了就出不来了啊！"

忽然想起那些年飘的鹅毛大雪，很美……

为你留盏灯

落日余晖，华灯初上，每个人心中都有一个
家的方向，都有一盏温暖的灯。

在哈尔滨上大学期间，因交通还不是太发达，
从哈尔滨回到海南需要经过 4 天 3 夜的火车换乘。
赶上春运，票紧张，拿到一张站票已很是兴奋。尽
管知道这一路上的各种折腾，但只要想到就要抵达
那梦寐以求的地方，见到最亲爱的人，自己前行的
决心就无比坚定起来，因为知道家里的那盏灯一直
在等着我。

毕业后，和先生两人竟到了两个城市工作，一
个在深圳，一个在广州。于是，周末基本往返于广
深之间，所租的房子也极其简洁，基本的起居配置
便足了小单身的所有。每每走在街上，万家灯火时，
我便会忍不住去看周围亮着灯的住宅，然后想象其
中的温暖。这个时候，应该是一家人围在餐桌旁，

愉快地说着一天彼此的见闻。饭后，便一家人围在客厅的电视前，或开怀大笑，或聊聊家常。稍微有点泛黄的灯光刚刚好，暖暖的色调应该会让人很放松。

三年的广深两地奔波终归是让人疲惫的，经过努力，和先生最终在深圳找到了一个温暖的小窝，就此定居下来，对家也有了新的期盼和理解。大家睡前养成一个习惯，只要家里有人还未回来，都会留上一盏灯。晚归的人远远便能看到这个熟悉的楼层位置发出的光，脚步也会变得轻快起来。

家，就像一个魔力球，一旦有了心爱的人停留，注入爱的内容，便会变得生动起来，在内心牢牢占据一个永恒的位置。那是一种神奇的力量，不论多累、多苦，只要想到这个家，想到这个家里的人，一切都变得微不足道。

人生的不同阶段，不同的家，爱都会在这里留步。

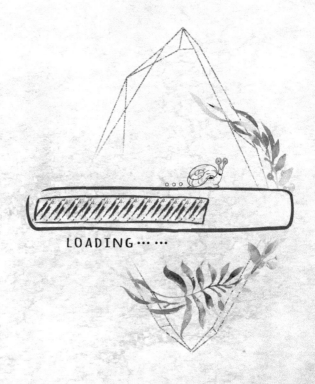

LOADING……

第四篇　我的小人儿

　　斜斜的夕阳照在这个小人儿的身上，身后拉出一个长长的影子，仿佛在轻轻地伴着风起舞。那么美妙，那么动人，世上最美好的风景也不过如此。

散步的乌鸦

偌大的绿草地上，
它缓缓走来，
仿佛中世纪欧洲街头走过的优雅绅士。

一身黑色燕尾服，
环顾一圈周围，
并无太大变化，
片刻便又淡淡走开。

草地上刚刚盛开的小雏菊，
似乎吸引了它的目光。
上前附身轻点，
打个温柔的招呼，
和春天的约定一一实现。

饱满的午阳，

洒落在它乌黑的羽毛上，

熠熠闪光。

远处似乎响起了小伙伴的歌声，

它驻足眺望。

忽地扑棱飞去，

身后的小草也摇摆起来。

不久，

这片草地便又安静下来。

蜗牛带我去散步

这小生命滋养着忙碌的我，心也简单安静了
下来。

　　蜗牛与我，有种特别的缘分，在我慢悠悠地晃
荡时，它总会跃入我的眼中。每每看见大小形态各
异的蜗牛，都忍不住驻足欣赏。曾看见一只指甲般
大小的蜗牛宝宝，壳体通透。只见它爬到了台阶的
边沿，也似乎感觉到了前方的危险，于是停下来，
调皮地伸出小小的脑袋和触角去试探。来回好几次，
终于转了个 90 度角顺着边缘下了台阶，然后又开始
了它慢悠悠的爬行。

　　也曾遇到一只拳头般大小的蜗牛，停在路边东
张西望，身后爬过的地方留下了两道痕迹，仿佛火
车的轨道。忍不住去想，此刻它那小小的脑袋在想
些什么呢？或是什么都没想，雨天后散步便是一种
简单的快乐。

小朋友学会走路以后，便开始满世界地跑。周末赶上闲暇，带着孩子在小区花园散步，看看这树，闻闻那花，一些美好的事物总会不经意地闯入眼帘，让人满心欢喜。路边不知名的小雏菊于万紫千红的春色中，在小角落里开得悠然自得，尽情展现自己最美的一面。可爱的爬墙虎，长了很多的小爪子，像壁虎一样紧紧攀爬在小桥的两侧。回南天的早晨，偶然发现金钱草的小叶子上挂满了晶莹的露珠，清新胜过怒放的鲜花。雨后的小蝌蚪，停歇在池塘中漂浮的一片落叶上，找到了自己的小天地。忙碌的蜜蜂与蝴蝶，则畅游于各色花海中。

　　这一切小生命滋养着忙碌的我，躁动的心也简单安静了下来。

孩子，我们一起跑

在前面奔跑的孩子突然停下，回过头来说：妈妈，我们一起跑吧。金色的阳光洒在她的小脸上，暖暖的……

　　记得孩子一岁时，出门上班，我都会习惯地和她微笑着拜拜，然后说妈妈很快会回来。也习惯了她会依恋性地哭闹，然后外婆哄着说去阳台看车。但慢慢发现，某一天，她已经能不哭闹地看着我摆摆手再见，心里忽地涌起一阵失落。想起有人说过，其实不是孩子依恋父母，而是父母依恋孩子。随着年龄的增长，今天抱在怀中嗷嗷待哺的孩子必将成长为独立的个体，去寻找自己的生活。每每想到这一点，心中都充满了千万个不舍，不舍那个小小的人儿这么快地长大，不舍那个给大家带来欢乐的小人儿那么快去远方飞翔。

　　孩子两岁时，我和先生到外地旅游，结果刚到香港机场，对孩子的想念便开始泛滥。孩子，已悄然成为我们新的生活模式中最熟悉与不舍的那部分。就这样生根、发芽，牢牢地住进我们的心房。在旅途中，看到这样一张贺卡，满心欢喜地买了下来："A daughter brings joy to her family, warmth to her home, and beauty to so many memories."

一眨眼，孩子已经三岁。早上醒来的第一件事就是轻抚她的睡脸，或偶尔静听她睡梦中的笑声，然后跟着心满意足地呢喃一句："熊孩子！"每天下班回家，孩子开门见到我的第一句话就是："妈妈是从哪里回来的？"忽闪忽闪的眼里充满了好奇，然后冲过来一个熊抱。

我亲爱的小孩，趁着年月正好，让我们一起享受你成长的每一寸美好时光。

你比你更美

那么美妙，那么动人，世上最美好的风景也不过如此。

下午和小朋友逛街回来，路过隔壁小区，有个老爷爷正在忙着收拾晒干的土豆片。小朋友充满了好奇又略带腼腆地往前看个究竟，走到跟前便害羞地蹲了下来，开始帮老爷爷收土豆片。老爷爷开心地说："我不知道你住哪里啊，不然可以拿炸土豆片给你吃咧。"小朋友微微笑，然后继续安静地捡拾。这个午后暖暖的。

我则继续在旁边看着这个小小的人儿，看她认真地重复着同样的动作，并小心翼翼地放入袋中。

恍惚间，小女娃从呱呱坠地来到我身边三岁有加，絮絮叨叨的言语也已在孩子幼小的心灵发出枝芽。我知道那是孩子收获的珍贵礼物，需要我们的守护直到长成茁壮的大树。

没有付出与表达，何谈善？何来爱？小小的举动便可使得善字生动具体起来。

斜斜的夕阳照在这个小人儿的身上，身后拉出一个长长的影子，仿佛在轻轻地伴着风起舞。那么美妙，那么动人，世上最美好的风景也不过如此。

一起过家家

永远别忘了蓝天上那遥远的小时候，你灿烂开怀的大笑。

小时候很喜欢玩的一个游戏是过家家，一群女孩子聚在花丛中，然后开始指定家庭角色。爸爸、妈妈、爷爷、奶奶、儿子、女儿……角色分配好，大家就开始各尽其责。这里面戏份最多的角色一般就是妈妈，也是无数小朋友争相申请的角色。妈妈会掌握整个厨房的布局，以及家庭的分工，甚至主要的家庭活动。如谁去买什么菜，什么时候开始吃饭。不管领到了什么角色，所有的小朋友都在努力地演好自己的身份。在游戏中，家庭主要活动走个遍，基本上游戏也差不多了，于是好朋友们纷纷摆摆手告别回家，带着刚刚在角色中的满足欢快地离去。

小时候游戏中的美好体验一直延续至今，如今为人母，便迫不及待要和小朋友再次温习这种充满想象力的游戏，没想到小朋友竟然也乐此不疲。细细究其原因，我想最核心的应该是这里面寄托了我们很多关于想象以及模仿的体验。所有的情感都可以在这个游戏中表达，对于端上来的晚餐，尽管是一堆沙子，也留给我们足够的想象空间。小朋友的世界就是这么简单，大家因为共同的喜好走到一起，又在这里面，尽情地诠释表达着自己的角色扮演。

一直以来与朋友相处，也非常享受于彼此真诚的表达及天马行空的想象。在偶尔的假想场景中，释放出不一样的内在小孩，便没有顾虑地嬉戏起来。在紧张忙碌的工作中，为彼此带来停歇的乐趣，生活又轻快了起来。

我亲爱的朋友，如果忧愁爬上了你的心头，别忘了蓝天上那遥远的小时候，你灿烂开怀的大笑。如果焦灼让你整夜难安，别忘了明天的太阳依然会升起。如果忙碌让你旋转犹如陀螺，请一定记得稍作歇息，感受身边这些简单而深沉的爱。

如果可以，好时光你再多停留会儿。

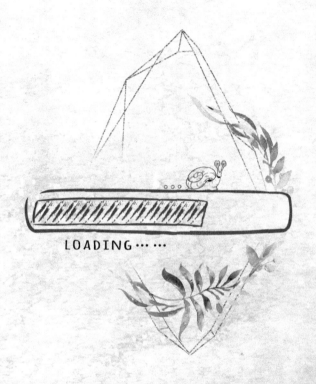

LOADING……

第五篇 爱与智慧

愿爱滋养这如梭岁月，喜悦成就爱与被爱之人。

时光隧道

可以奔跑的时候，
做个风一般的少年。

可以热爱的时候，
告诉世界你的梦想。

可以拥抱的时候，
请用力抱紧彼此。

该来的总是会来，
要走的终究会走。

把一个个美好珍藏心底，
那就是心中不灭的时光隧道，
带你看见风雨中的彩虹。

保护伞

那股心底的暖流，就像小时候站在哥的三轮车后，微风吹过脸庞的感觉。

说起我哥，故事也是一箩筐。从我记事起他一直就是孩子王，鬼点子多，玩啥都是第一，引得一群小屁孩每天屁颠屁颠地跟着，不亦乐乎。至于他为什么叫"牛皮黑"呢，主要也是因为小时候爱和舅舅们吹牛，大家喜欢得紧就送了这么一个外号。

和哥一起长大的时光充满了乐趣。记忆犹新的是一起去打番薯窑，就是在地里挖个坑烧柴火，待木材燃尽后快速把红薯扔进红彤彤的炭中，最后把泥土盖在炭火上，类似烧窑。然后小伙伴们就尽情撒野，筋疲力尽之时就是开窑之时。刨出一个口子，红薯的香气扑鼻而来，小孩们挖得更加起劲了。从炭火堆中刨出红薯也是相当讲究，动作不能太大，不然会把红薯戳烂导致进灰。你瞧孩子们可不都是小脸憋得通红，吞咽着口水，注视着一堆灰烬。识别出来红薯的一瞬间，眼里闪耀着光芒，这种光亮即便在我长大后也时常想起。

打番薯窑也并不总是一帆风顺，毕竟在野外要解决红薯的来源问题。有一次，在离家较远的一片红薯地附近行动，我判断了一下，应该是阿公的红薯地，于是招呼大家开始行动。就在大伙挖得正高兴之时，一名身形高大、挑着水桶的女子边走过来，边吆喝着。好家伙，闯祸了！挖到了校长家红薯地！还被校长夫人给抓个正着！刚才还咋乎的孩子们顿时鸦雀无声，田野里的蚂蚱也识趣地闭上了嘴。经过七嘴八舌和校长夫人一番辩驳，我们败下阵来。最后的处罚结果是，哥作为代表，在周一晨会后作一个检讨。显然，哥为了保护我和其他小伙伴，他自己扛了下来。这就是我的"牛皮黑"哥哥，在关键时刻总是挺身而出保护我。

再后来慢慢长大，不论是我外出求学，还是成家立业，哥和嫂子一直在默默地支持我，帮助我和我的家庭渡过难关。那股心底的暖流，就像小时候站在哥的三轮车后，微风吹过脸庞的感觉。柔柔的，看不见，却永恒而温暖。

走着走着就老了

谁偷走了你的年华，我亲爱的母亲，怎么走着走着就老了……

　　小时候，很喜欢做的一件事，是陪着母亲一起骑自行车踏上十四公里的路，去看望外婆。为了让年富力强的母亲对我放心，我便鼓足了劲将自行车蹬得飞快，紧紧跟随后面。临走前，外婆总会把各种腌制品塞满我们的篮子，然后和母亲互相不舍地告别，再悄悄地抹去眼角的泪。太小的我，不明白为什么外婆要流眼泪。

　　为了我和哥哥上学，初中时我们第一次搬家。我们上学方便了，母亲每天上班却都要骑上五公里。尽管如此，那两个轮子在母亲的脚下仍是那么轻松。那时经常觉得，母亲太有力量了。高中时，母亲曾让我帮忙拔白头发，然后连声叹息自己老了，脸上闪过一丝落寞。那时的我觉得母亲有些矫情，心想不就是几根白头发。太年轻的我，不明白为什么母亲要在意白头发。

上大学、工作，我的新生活走得按部就班，不慌不忙。突然某一天，得知母亲血压偏高，容易头晕、耳鸣，看了多次医生也毫无办法。某日上班，接到母亲电话说，头晕得厉害，我便赶紧请假回家。看着躺在沙发上虚弱的母亲，竟湿了眼。我亲爱的母亲，那个身轻如燕带我骑车去外婆家的母亲到哪里去了？谁偷走了你的年华？我亲爱的母亲，怎么走着走着就老了……

如果说孩子是生命的开始，是心中一起成长的牵挂，值得我们花一辈子去读懂为人父母，那父母，更像天边的夕阳。他们对子女爱的表达、节俭的习惯、淡淡的乡愁、节假日团聚的期盼、无私的付出更值得我们去深深体会，去默默守护那份独特的美丽，然后让这种美丽在心中开出永恒的花。

今晚想吃啥

我和婆婆就像树根和土地的关系，无形中越扎越深，融入彼此的生活。

　　我吃晚饭经常狼吞虎咽，笑妹子说和妈妈吃饭都要快点，不然最后没有菜吃。婆婆听了又开始她的三段花式夸儿媳：妈妈吃饭快，吃得多，多好啊！身体好，干活利索还得力……一家人笑喷。我每天上班需要扛送机柜的形象跃然桌上，家人一致同意我确实需要多吃点菜。

　　第一次和婆婆见面还是在读研期间，赶了一天一宿的路，终于抵达先生家，我已经饿得不成人样。还清晰地记得那天晚饭，婆婆准备了凉拌牛肉、黄花菜炖五花肉、油炸大丸子。此时此刻的我哪还记得家人的叮嘱，一听长辈说要趁热吃，那就跟撒了缰的野马，自由奔放起来。结果就是，我以一敌三消灭了大约3/4的菜，公婆两人竟是乐得合不上嘴。

结婚有了笑妹子后，婆婆过来和我们一起住，对小孩的疼爱自是不用多说，对我的疼爱也有增无减。在楼下偶遇邻居，总会听大家说婆婆经常给各位阿姨婶婶夸儿媳好，听得我那是一阵脸红心跳，赶紧逃跑。工作外派后，每次休假结束要回去前，出门那一瞬间总会看见老人家眼里泛着泪光，然后悄悄抹眼泪。只能宽慰老人家，再过一段时间就回来了，这一过就是三年多。听说我真正回来那一天，老人家再次潸然泪下。

回想起这些年和婆婆相处的时光，从认识到现在，平平淡淡中时常泛点欢乐浪花。就像树根和土地的关系，无形中越扎越深，融入彼此的生活。现在每天早上出门前，已经习惯婆婆喊的那一句："今晚要吃啥？"

这就是爱

愿爱滋养这如梭岁月，喜悦成就爱与被爱之人。

      曾经肤浅地以为爱就是一种感觉，比喜欢更多，深藏心底，偶尔情到深处便大声说出来。

      看到一个关于爱的定义：爱是有意愿去帮助彼此一起成长。有种触及心底的感觉，爱更是一种行动，是带着喜悦去付出的一种行为。

      上小学时，父亲经常找我的老师们了解我的学习情况，看着父亲和老师们聊得开心，我每天更是欢天喜地地背着书包上学，对学习充满了热情，还捧回许多的奖状。小小的我并不明白，父亲是希望了解我在校情况的同时，也能让老师们更了解我的优点，从而在学校更多地帮我建立自信。高中外出寄宿时，遇上天气突变，母亲便会只身带上暖暖的棉被坐上几个小时的车，给我送到学校。交给我后，叮嘱一些添衣吃饭的话，就匆匆忙忙往家里赶。我

知道母亲是怕我着凉，寒冷的天，心是暖暖的。

　　成家后，母亲和我们住在一起。晚上加班回家，经常还会有母亲留下的温热的汤。看我进门，母亲便赶紧把汤盛好，然后安静地坐在一旁，看着我一口一口喝掉，直到我心满意足地擦嘴。先生知道我的喜好，便会在周末闲暇时买来各种配菜，然后在厨房忙上半晌，再端出来让饥肠辘辘的我一一品尝。他只是在旁边笑笑地看着我吃，收获一句赞赏，便又欢快地跑进厨房忙活起来。一直觉得家人对我好，长期身处其中，便也觉得理所当然。只是每天便尽情享受着这所有的好，却浑然不觉这是多么深沉的爱意。

　　直到有了小朋友，对这一切才开始有了更真切的领悟，重新观察与感受这所有鲜活的存在。刚生下小朋友前半年，照顾孩子弄得精疲力竭。尽管如此，半夜只要听到了哭声，再困再累都会马上爬起来，把她抱入怀中。用尽一切的温柔，只为让她再次安然入睡。偶尔下班路过热闹的商铺，便会想想买些什么好吃的带回家，东西拎在手里，脚步也会变得欢快起来。只要想到老人家和小朋友可以吃得心满意足，心里便会泛起暖暖的喜悦，好盼望赶紧去到他们身边。

爱，有时淡淡的，像静谧的夜飘来阵阵的玉兰香。

爱，有时浓浓的，像烈日下尽情盛开的火凤凰。

愿爱滋养这如梭岁月，喜悦成就爱与被爱之人。

原来，爱是一个面包，是一碗汤，是一份心甘情愿的付出。

点亮心灯

天空中仿佛出现彩虹，我看见，迎风飞扬的自己。

　　多年前在泰国旅行，印象极深的是当地人对宗教的虔诚与信仰。

　　年岁渐长，不断地在新的场景中辗转，心智渐趋成熟的同时亦能更快更明了地做出自己的选择，心中那盏原本混沌模糊的灯也清晰起来，对信仰有了新的理解。信仰于我或许是一种追求，这种追求有如一盏明灯，在我们面临不同的处境与选择时，能清晰地指引我们做出相应的行为。

　　回想起小时候家里人的一些习惯，也渐渐地明白，那盏在他们心中点亮的信仰明灯。年三十晚上吃饭前，放鞭炮是家乡的一大盛事，是乡亲们辞旧迎新的一种喜悦表达。每次我们家最后一个炮竹刚响完，爷爷就会跑到门口大喊一声"共产党万岁"。家附近的某段公路日久失修，爷爷就默默地扛上一把锄头去抢修。也经常听爷爷说以前在党的号召下，来到农场开荒的故事。长大的我，渐渐明白爷爷的信仰和一辈子的追求。

小时候陪伴母亲出门，遇到乡亲邻里，母亲都会很愉悦地打声招呼，如遇到了长辈或是面露愁容的人，更要好好地问候与宽慰一番，然后继续开心地行路。家里但凡好吃的多一些，母亲就会分给邻居们一起品尝。这么多年过去，不管居住在什么地方，母亲这个习惯一直都在，也使得她在不同的地方结交下交心的好友。母亲对我的教诲不多，却时时向我诠释着乐观与向善。

家里人的行为喜好，都被小小的我默默地看在眼里，慢慢地融进心里，日久也就成了我自己。我相信深藏在每个人心底的那抹善良与真诚，它们也在期盼着遇到同样的善良与真诚。我相信勇敢直面一切是最好的生活方式，我更相信付出是收获的花朵，给予也可以是快乐幸福的。

心中追求向善，就会在遇到苦难的人与事时流露出为善的行动。心中追求勇敢，则会在面对困难时表现出满满的勇气与毅力。遇到每一件需要做出决定的事情，都能够依据自己内心坚持的方向做出选择，这盏明灯便是信仰。它可以是严遵的教诲，也可以是每个人内心建起来的独特的原则。心有明灯，便能在黑暗中看见前行的路。勇敢的小孩，只要扬起头迎着风微笑，便能坚定前行。

天空中仿佛出现彩虹，我看见那个迎风奔跑的自己。

时光隧道

不灭的美好已经珍藏在心底，成为永恒，那是我永远到不了却忘不了的时光隧道。

　　2020 年春，一场意想不到的新型冠状病毒肺炎疫情在全国放肆地传播起来，这个春节在紧张、诡异的气氛中拉开序幕。1 月 23 日，武汉正式发布"封城"消息，直接提升了本次公共卫生事件应急响应等级。随之而来的感染数据，武汉医疗资源告急，各地逆行的支援团，除夕前奔赴前线的医护人员与家庭的离别，从不同的视角再次拨动了各地民众的神经。疫情面前，人类对生命延续的渴望、无奈、恐惧、奋进、真情一览无遗。不禁回想起2003 年的"非典"，迫于当时"非典"的传播形势，学校为了保护学生也进行了封校。那是第一次接触影响力这么大的公共安全事件，虽不至于是世界末日，但是突然间和外部断了来往，大家不知道什么时候那讨厌的"非典"才会彻底离开，什么时候可以自由往返和家人团聚，那种巨大的不确定性，总是伴随一阵阵的惶恐与不安。还清晰地记得，当时一位同学要回家见患重病的兄长，由于各方的劝阻，最终也未能成行，无奈之下放声痛哭。时间终究会带来结果。历经数月，来势汹涌的"非典"最终在各方努力下得以控制，最终学校再次开放，那种重新回到轨道的感觉真好！

　　春节期间，好友在群里抛了一个话题：如果现在是世界末日，你是否有遗憾？于我，是有的。有些遗憾不管是不是世界末日，已经不可能再有机会弥补。如爱我而不善于言语的外婆，如捧我在手心如至宝的爷爷，他们都是我的至亲至爱。刚出生时追求果腹，幼小童年时追求嬉戏时光，少年青春时追求朦胧的远方与未来。这一路的追求中，不论生活难易，都尽情享受着他们的万般疼爱，然后长大，带着梦想飞翔，却离他们越来越远……直至外出求学某一日，就再也没有机会孝敬于他们身前，那一刻，泪如雨下。工作之后，常年在外，也没有太多时间回去看望年长的阿婆。偶尔给家里去了电话，阿婆在那头轻轻唤了声阿妹，瞬间就把我带回那个记忆深处的童年。那里有阿公阿婆忙碌的身影，有召唤熊孩子回家洗澡、吃饭的声音，那么多的日日夜夜，得以依偎在他们的怀里，幸福而不自觉。伸起手想要触摸那陌生又熟悉的一切，却又什么都没有抓住。把手放到心跳的位置，这是曾与我一起经历美好时光的节奏，感受着互相慰藉，便释怀了许多。

　　人类在书写历史，而历史也在书写着自己，唯有拿出勇气与智慧，去直面每一个历史的当下。于大家，时值形势艰难，各界团结一气与病毒抗争，身边的亲朋好友同事严阵以待，阴霾的历史终会翻篇！于小家，除了继续做好防控之外，牢记教训避免历史重演，也希望事件过去之后，我们每一个人都能有更多的机会去好好爱这个世界，爱所追求的一切，爱身边人，爱一切美好。不求无憾，只求畅享一段痛快淋漓、全力以赴的美好年华。

一城执念

如果我是这城，

每当天际微露晨曦，

我便会早早醒来——

推开一扇木窗，

让穿过世纪的光，

洒落我一地的念想。

如果我是这城，

每当教堂钟声在空中回荡，

我便会双手合十——

把所有的祝福，

装进信封，

寄给未来的你。

如果我是这城，

每当雨雾渐起，

我便会轻披绫罗——
把潮湿的孤寂轻抚，
写入这传世的音符。

如果我是这城，
每当黄昏渐远，
我便会点燃烛灯——
默默眺望远方的你，
让所有的孤单，
似乎不曾来过。

如果我是这城，
我愿，
你是这晨光，
你是这钟声，
你是这雨雾，
你是这黄昏，
你是这城中，
与我相偎的一株梧桐。